日々の暮らし

郷右近 歩

ナカニシヤ出版

January 8, 2008

January 2008

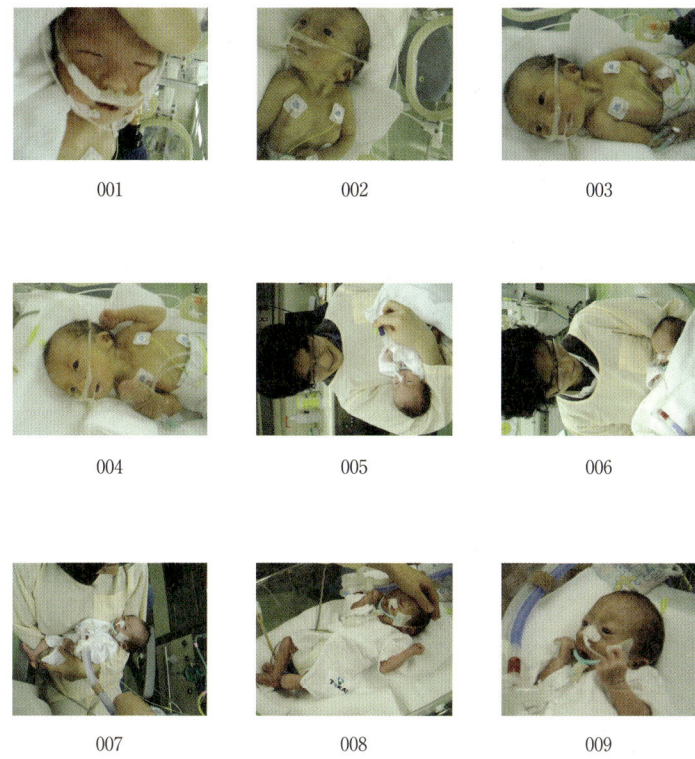

001 002 003

004 005 006

007 008 009

January - February 2008

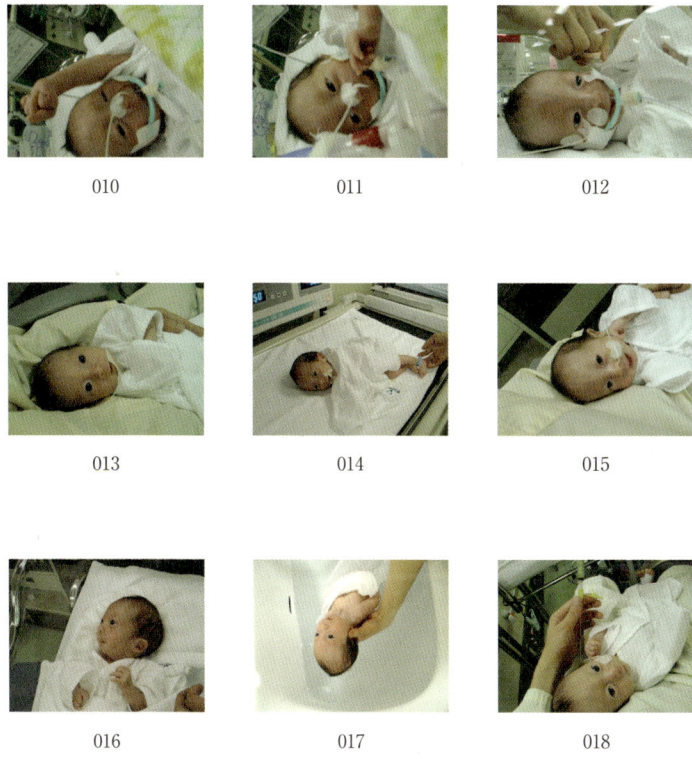

February 2008

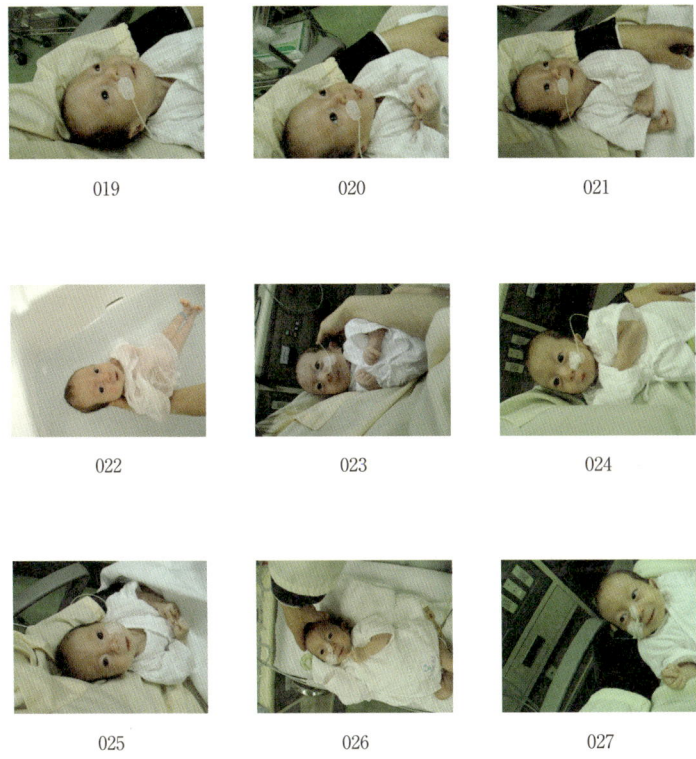

April - June 2008

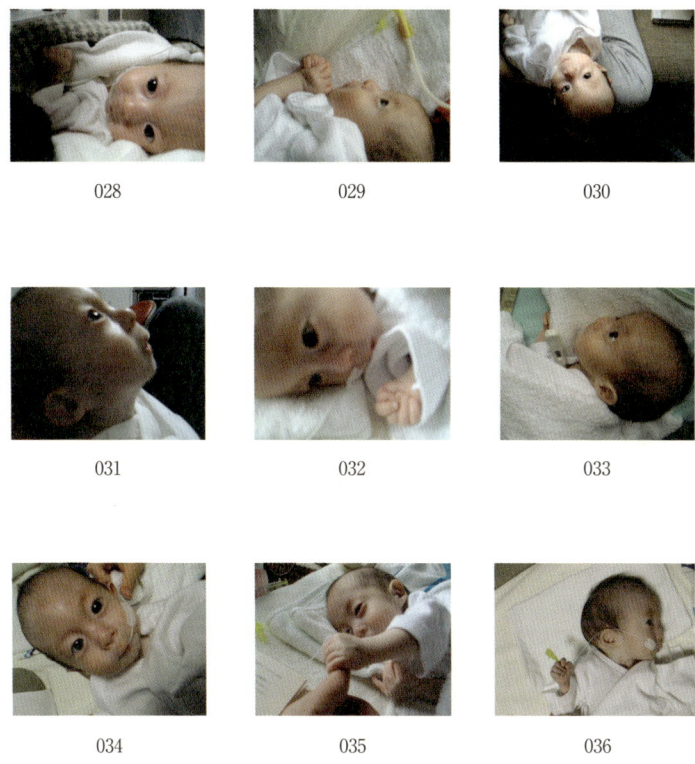

028

029

030

031

032

033

034

035

036

June 2008

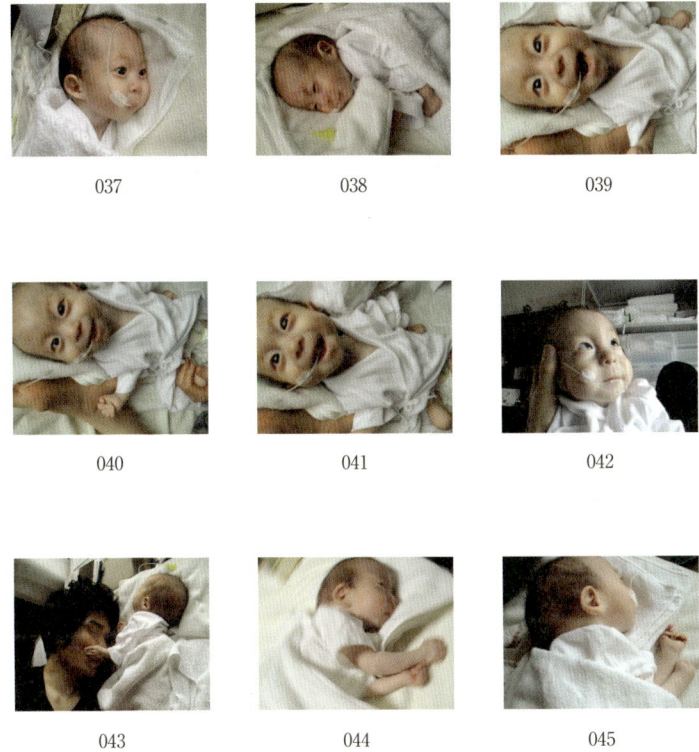

June - August 2008

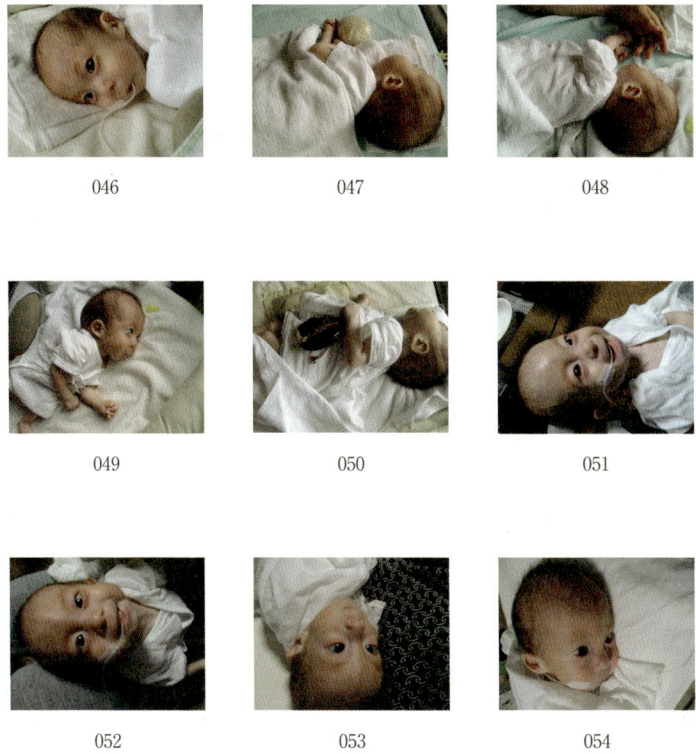

September - December 2008

February - April 2009

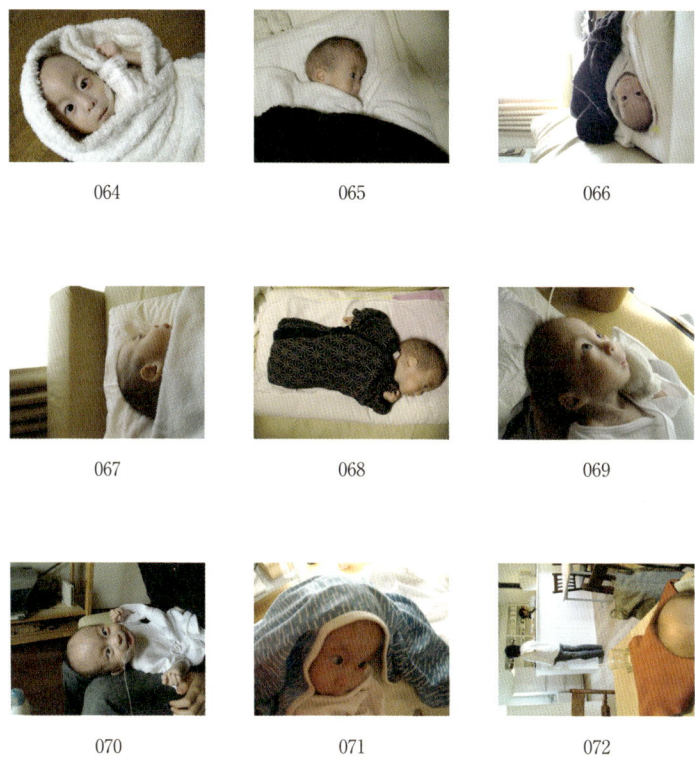

064

065

066

067

068

069

070

071

072

April - May 2009

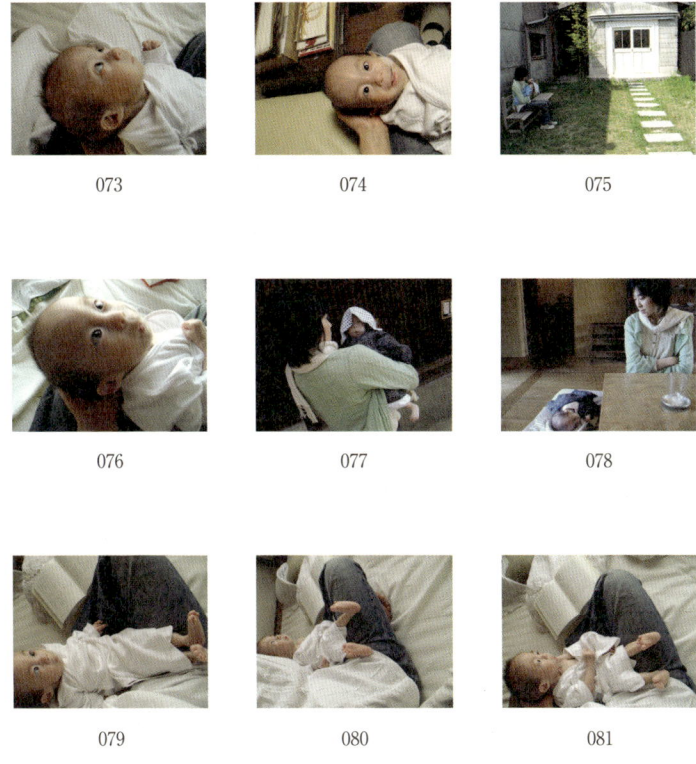

073

074

075

076

077

078

079

080

081

May 2009

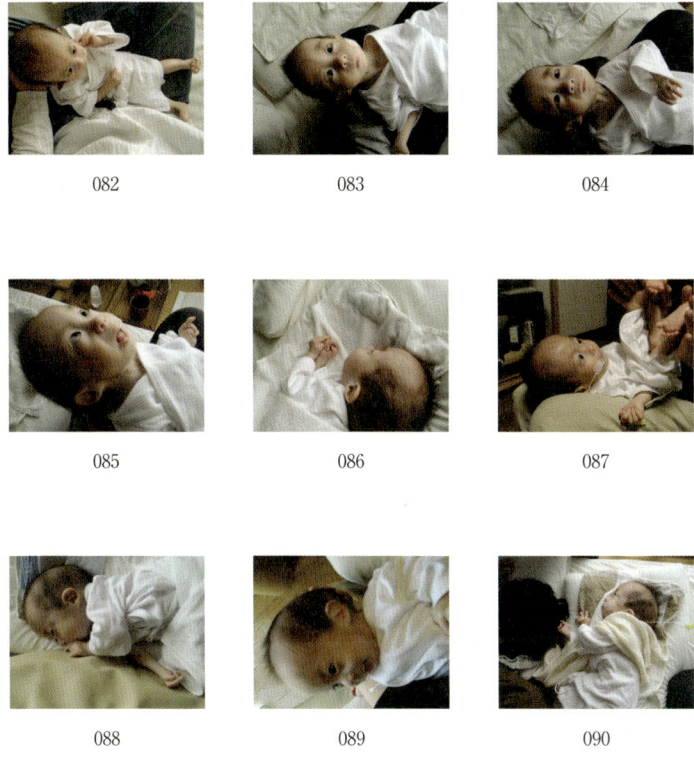

May - June 2009

091

092

093

094

095

096

097

098

099

June 2009

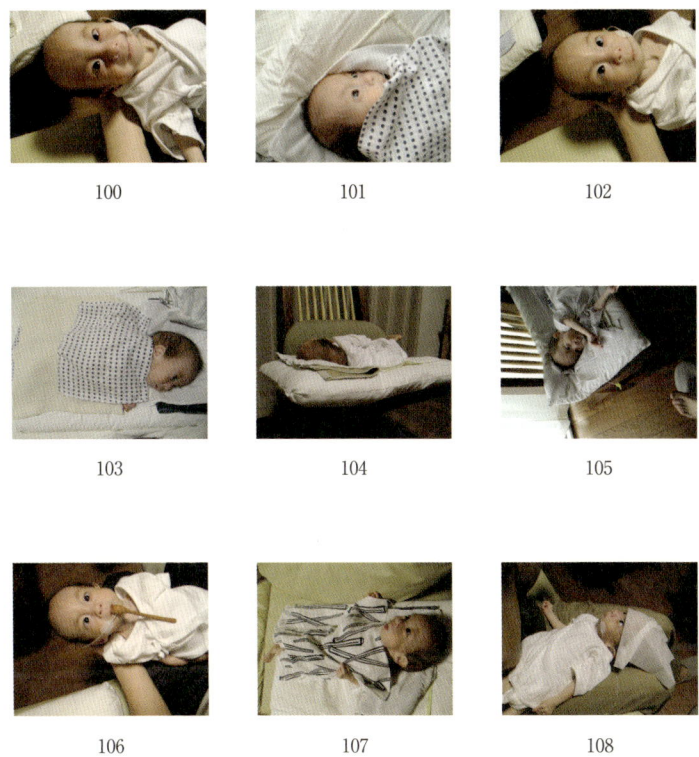

100

101

102

103

104

105

106

107

108

June - July 2009

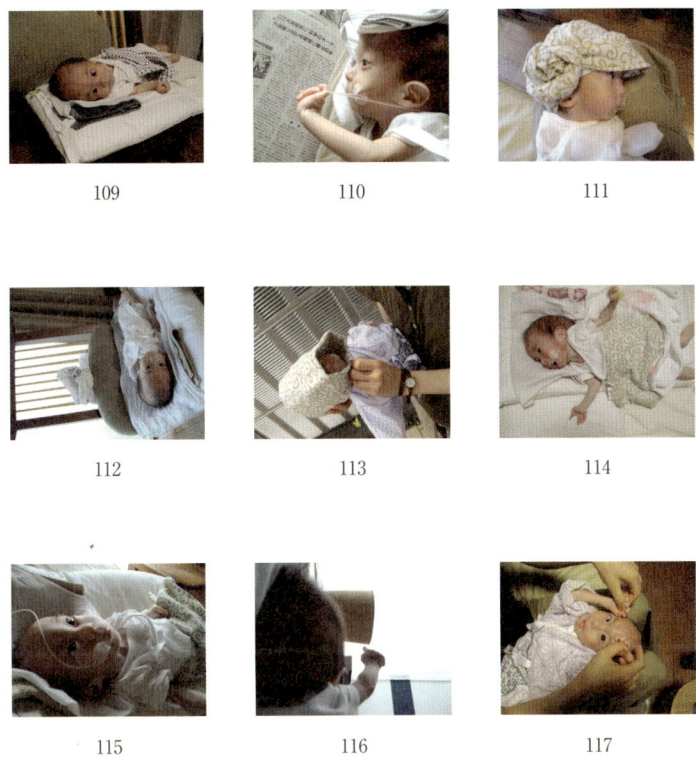

109
110
111
112
113
114
115
116
117

July - August 2009

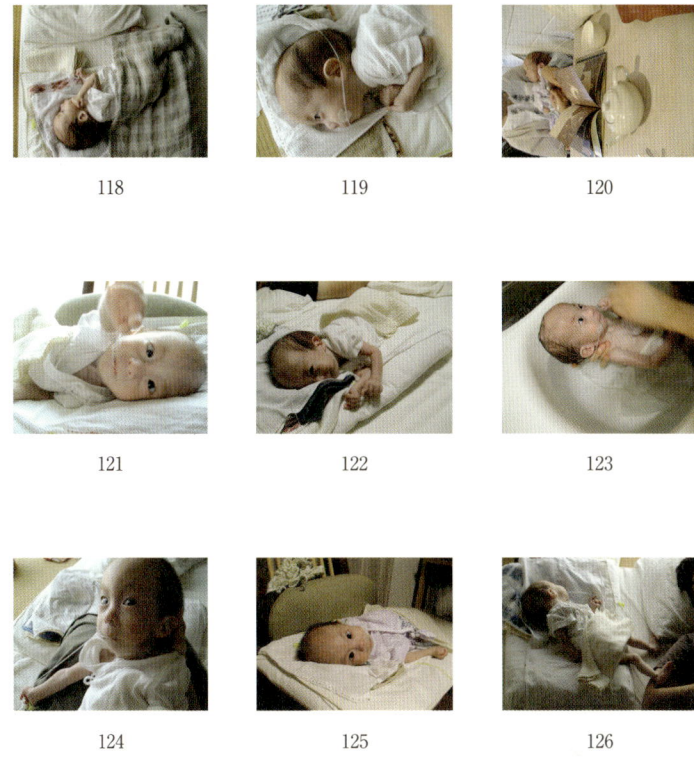

118   119   120

121   122   123

124   125   126

August - September 2009

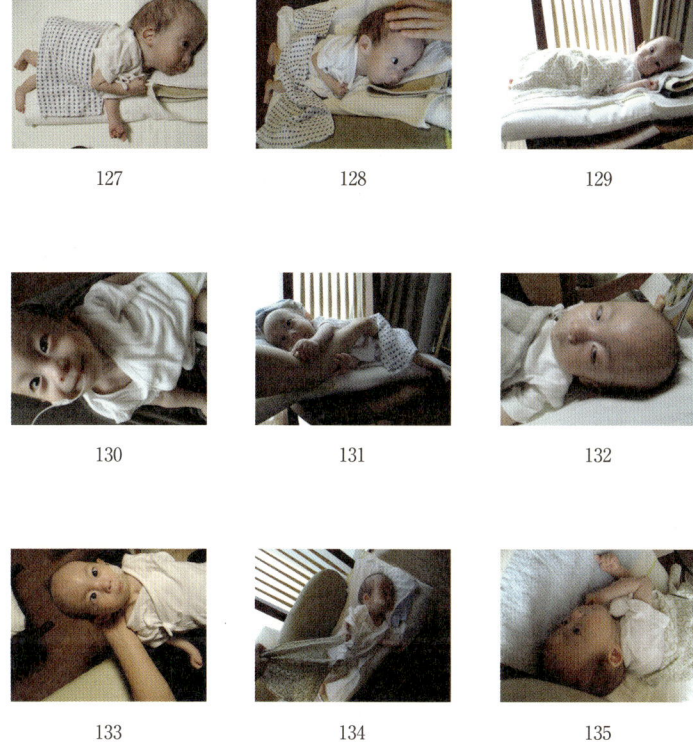

September - October 2009

136 137 138

139 140 141

142 143 144

October - December 2009

145

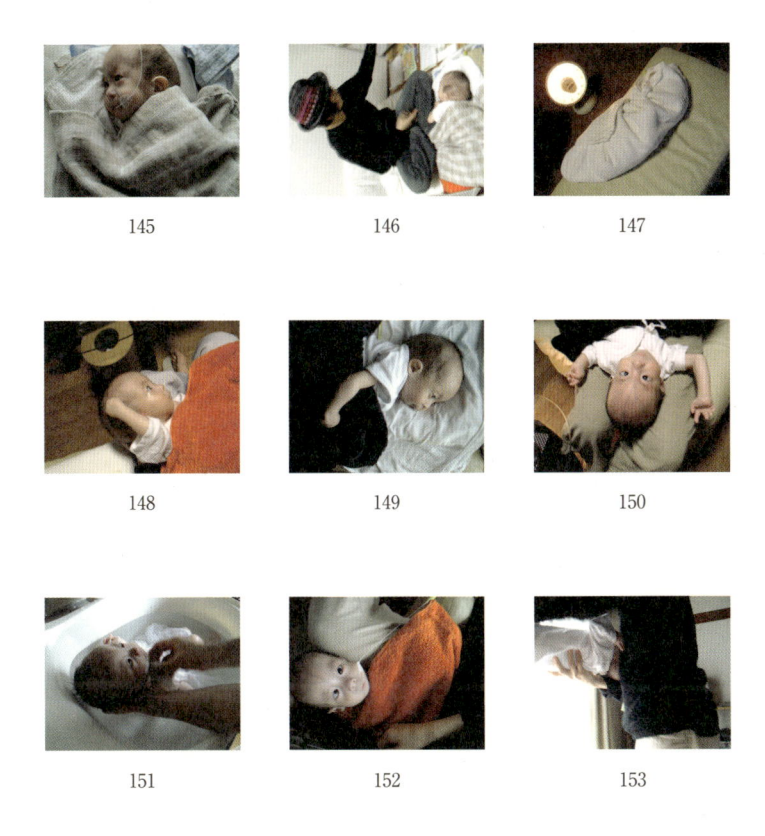

146

147

148

149

150

151

152

153

December 2009 - January 2010

154

155

156

157

158

159

160

161

162

37

January 2010

163

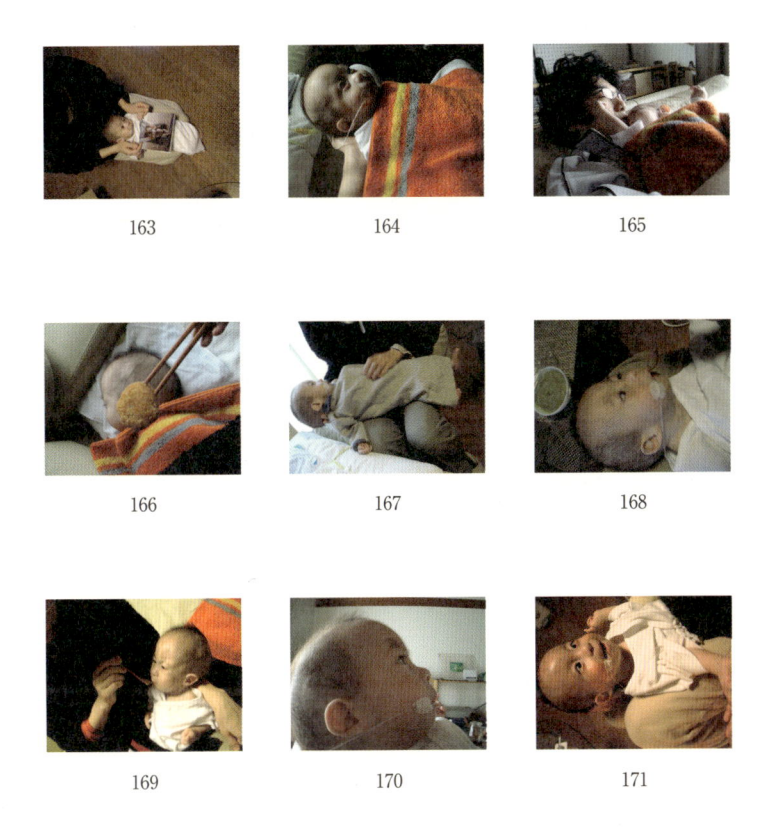

164

165

166

167

168

169

170

171

39

February - March 2010

172

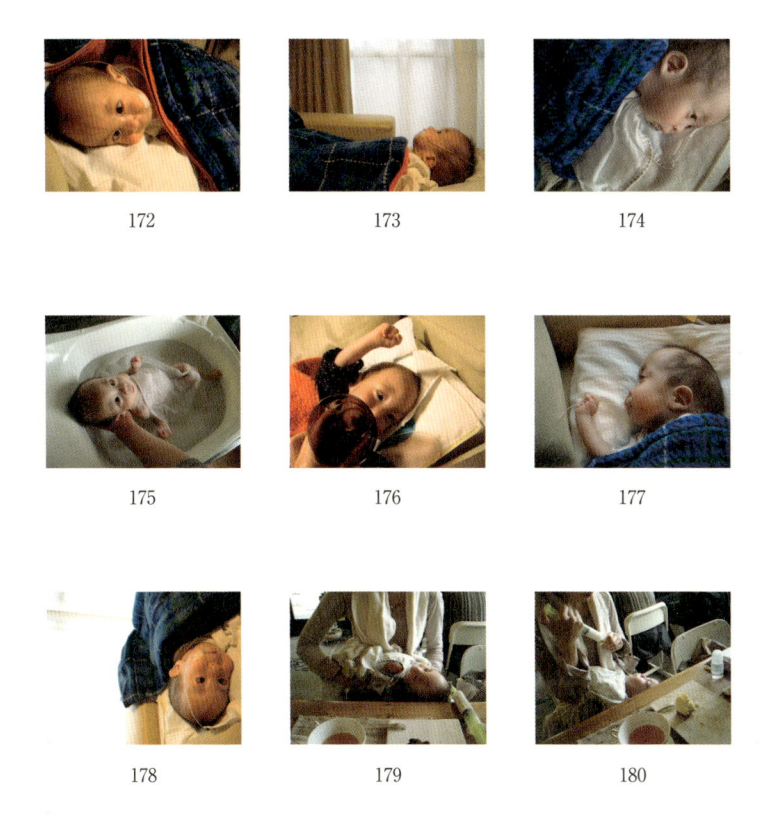

173

174

175

176

177

178

179

180

41

March - May 2010

181

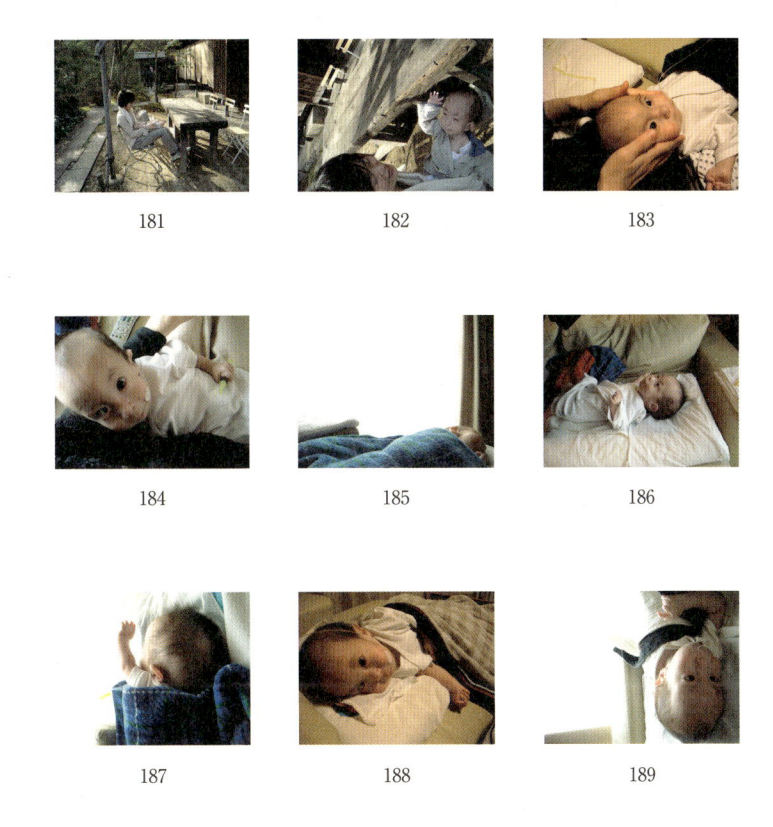

182

183

184

185

186

187

188

189

May 2010

190

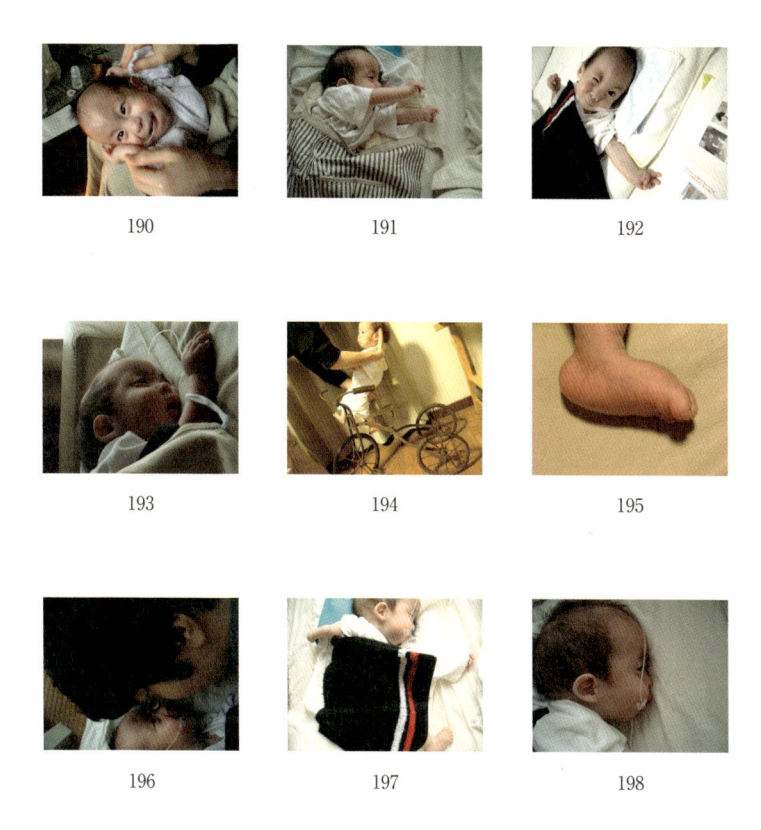

191

192

193

194

195

196

197

198

45

May - July 2010

199

200

201

202

203

204

205

206

207

July - October 2010

208

209

210

211

212

213

214

215

216

49

October 2010

217

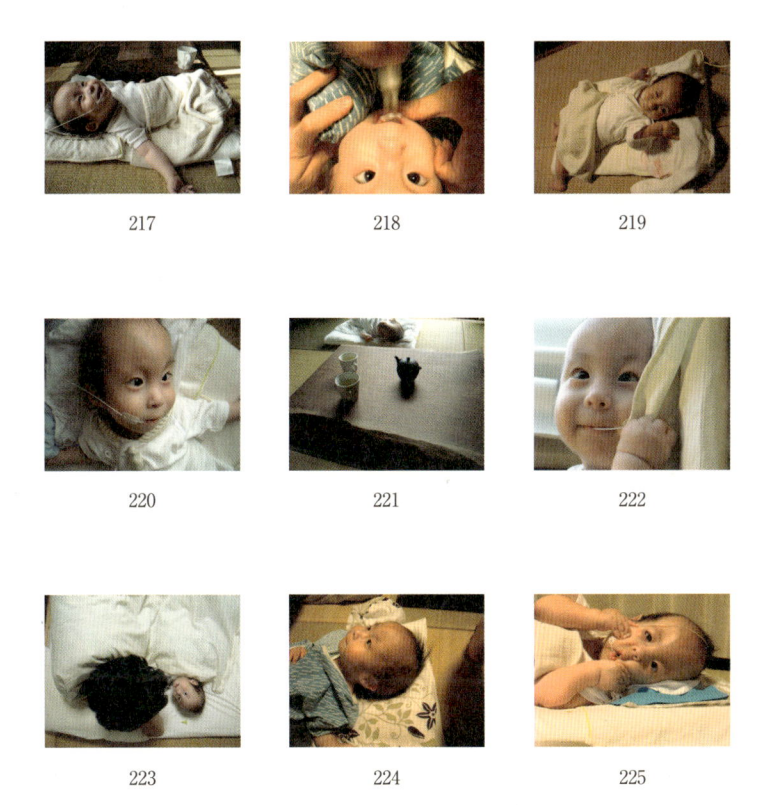

218

219

220

221

222

223

224

225

51

January 2011

226

227

228

229

230

231

232

233

234

February - April 2011

235

236

237

238

239

240

241

242

243

55

April - May 2011

244

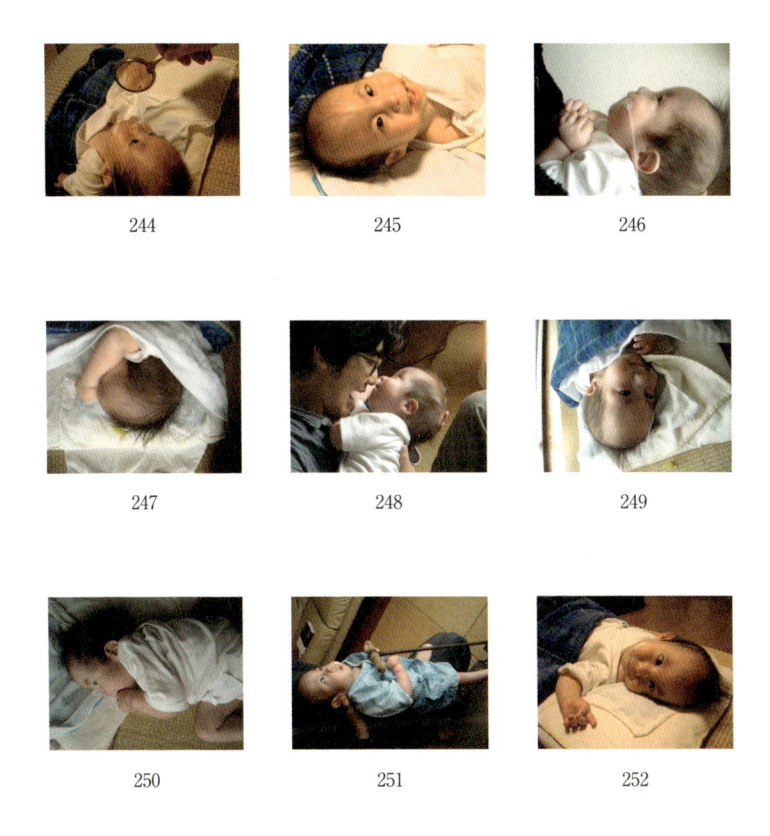

245

246

247

248

249

250

251

252

May 2011

253

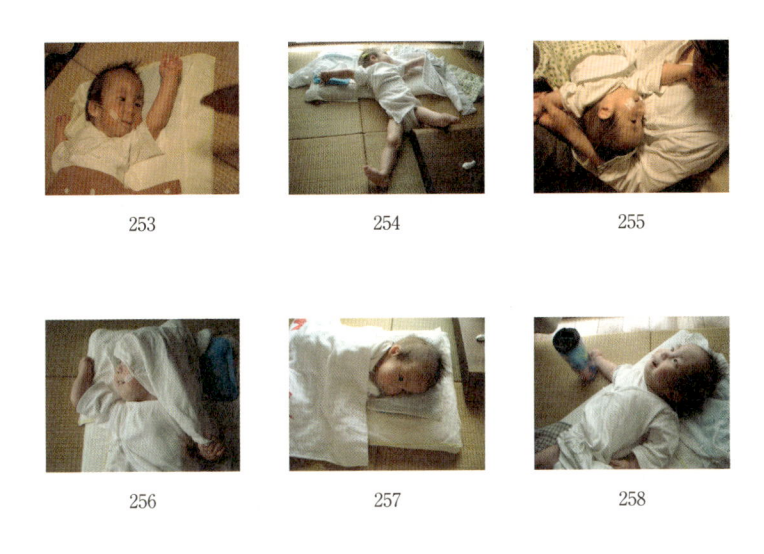

254

255

256

257

258

2008年1月

 2440ｇにて出生。呼吸不全。NICU送致。
 出生直後、心室中隔欠損が判明、告知。
 父親が染色体検査の必要性を示唆。
 無呼吸、チアノーゼあり。呼吸管理が必要。
 経口栄養から経管栄養へ。
 生後5日目、深夜に緊急連絡。
 気管内挿管による人工呼吸管理を要する状態。
 生後1週間後、父親から母親に染色体異常について説明。
 それまでの経過と予想される予後について。
 生後3週間目に染色体検査の結果の告知。
 医師から18トリソミーについての説明。

2008年2月

 笑みを浮かべる。発声・追視を確認。
 気管内の呼吸管の留置が不要となる。
 染色体検査（詳細）の結果の告知。
 フルトリソミーであるとの診断。
 肺動脈絞扼術は不要との判断。利尿剤による管理。
 退院に向けた指導の開始。
 カテーテルの挿管、アンビューバックの使用法の実技。
 髪の毛が逆立つ現象。約30秒間。
 眼科医より、眼球の虹彩に歪みがあるとの診断。
 聴覚刺激に対する瞬目反応を医師が確認。
 寝返り・感情表出（笑う、怒る）を看護師が確認。
 退院についての説明、打合せ。

2008年3月

　頭部MRI画像を入手。

　脳梁欠損の状態を確認。

　NICUを退去し、小児科病棟へ移動。

　小児科病棟を退院、在宅に移行。

　保健師による自宅訪問。

　新奇刺激の選好反応を確認。

　鼻にカテーテルが入り難いことが続く。

　口への挿管に切り替える。

　発声の種類の増加、音量の増大。

　直射日光を浴びるとくしゃみが出る。

　頭部の向きを変えながらの追視反応を確認。

2008年4月

　他者の顔の持続的注視を確認。

　小児難聴外来を受診。ABRを実施。

　10-30cmの身体移動を確認。

　腰を軸に前屈運動で進んでゆく。

　自発的な体位変換（仰臥位から側臥位へ）が可能。

　くすぐられると逃げようとする反応を確認。

　発声を持続的に繰り返す。

　舌の動きで随意的にカテーテルを抜去。

　手が握った状態からひらきやすくなる。

　嗅覚刺激に対する覚醒反応を確認。

　舌出し模倣を確認。

　発声のターンテーキングが明瞭になる。

2008年5月

リハビリテーションセンターを受診。

身体のレントゲン撮影（異常なし）と理学療法の実施。

吸啜音に対して追随反応を確認。

寝言を確認。

左手に触れると手を開く反応が定着。右手も開くようになる。

聴覚刺激に対する覚醒反応を確認。

目薬に対する予期反応（拒否・逃避）が明瞭。

首を左右に振る動作を繰り返す。

音源定位反応を確認。

空腹時には吸啜を繰り返すようになる。

開脚、屈曲、伸展など、随意的な下肢の動き。

2008年6月

頭部をのけぞらせての追視を確認。

物を握った状態を保持することが可能。

視線が合うと目をそらす反応が顕在化。

発声のターンテーキングに応じる。

抱っこをやめると不機嫌になり、ぐずる。

左手を握ったり、開いたり、繰り返すようになる。

左手を開いたままの状態が保持できるようになる。

うつぶせの練習。顔を横に向けることは可能。

周辺の布や服を掴むようになる。

100回以上、発声を持続的に続ける。

うなずく動作を繰り返す。

人見知りが見られない。

2008年7月
　首を支えた状態で座位をとると、辺りを見回している。
　左腕を振り回す。粗大運動が活発化。
　聴覚刺激（音楽）に対する慣化反応が明瞭。
　手の指（主に左手）によるカテーテル抜去が頻回となる。
　右下側臥位から左下側臥位へと自力で体位変換。
　左手人差し指の指しゃぶり。
　左手で始まった動作が数日後には右手で見られるようになる。
　顔や身体をつつくと笑みを浮かべる反応が定着する。
　口笛を聴くと笑みを浮かべる反応も生起。
　あやすと機嫌が良くなるという対応関係が明瞭。よく笑う。
　発熱が続く（血液検査等の結果、感染症の疑いはなし）。

2008年8月
　平熱に戻る。
　嫌なこと（うつぶせの練習）をされると不快な表情と声。
　子音を含む発声の増加。
　周辺の布をかき寄せて口に含む。
　仰臥位からうつぶせへと自力で体位変換。
　周囲に人がいないと声を上げるようになる。
　抱き上げると笑みを浮かべる。
　光る物に対する追視が明瞭。
　ミルクの時間が近付くと自発的に口元を動かし始める。
　顔や身体をつつかれるとその方向に視線を向ける。
　声がけに対しても笑みを浮かべるようになる。
　声をあげて笑う。

2008 年 9 月
　仰臥位の状態での静止が可能となる。
　医師より、首はまだ据わっていないとの指摘。
　後頭部を支えれば座位の保持が可能。
　音の出る玩具に対する音源定位・追視反応が明瞭。
　数 10cm の身体移動を確認。
　腕の動き（粗大運動）が勢い任せではなくなる。
　電子機器の操作音に対する音源定位反応あり。
　物だけではなく音をたてた人に対しても視線を向ける。
　舌の動きだけでカテーテルを抜去。
　両手・両腕の動きに同調が見られるようになる。
　物音に対する驚愕反射あり。

2008 年 10 月
　リンゴをすりおろした汁を与えると嚥下が可能。
　聴力検査の結果は「大人の大きな話し声程度」が可聴範囲。
　実生活場面では小さな電子音等にも音源定位反応が見られる。
　首を小刻みに左右に振る動きを繰り返す。
　快・不快以外の情動（喜怒哀楽）が発声に伴う。
　音の出る玩具を鳴らすと鳴らした人へと視線を向ける。
　注意の共有の萌芽。
　静止が可能となり、粗大運動全般のコントロールが円滑になる。
　平然とした表情で切迫した声色を使用する。
　あやしている相手の手や顔を舌でなめる。
　抑揚の豊かな声を持続的に発することで他者を呼ぶ。
　仰臥位に何度となく戻されても側臥位へと戻る。

2008年11月
　首を縦横交互に振ることを繰り返す。
　側臥位に何度となく戻されても仰臥位に戻る。
　他者の関心を引くための泣き真似をする。
　自分の手を動かしながら目で追っている。
　発声における濁音の増加。
　カテーテルの挿入を舌と歯茎で止める。
　それでも止めないと、相手の指にかぶりつく。
　ひも状の物や布を親指以外の4本の指で握る。
　診察の際、生後、感染症に罹患していないことに医師が驚く。
　体重が3000gを超える。
　周囲を歩く他者を首をめぐらしながら追視する。

2008年12月
　両手両足を同時に動かす粗大運動が見られる。
　手に触れたものをしっかりと握るようになる。
　医師より、「首が据わりかけている」との指摘。
　うつぶせの状態での体位の保持が可能。
　他律的に動かされている自分の手を追視する。
　握った布などを口元に寄せる。
　あくびの伝播とみられる反応あり。
　口笛に対して音源定位反応が見られる。
　物を握る際に親指を使うことが見られるようになる。
　抱っこを止めるとぐずらずに声をあげて相手を呼ぶ。
　身体接触に笑みを浮かべる。
　カテーテルの挿入を右手で払いのけようとする。

2009 年 1 月

　抱き上げている相手の顔を右手で触る。
　呼びかけや声掛けに対して笑みを浮かべる。
　少量であればミルクの嚥下が可能。
　1 m以上離れた場所を歩く相手を追視している。
　布を撫でて掴むという随意的な手の動き。
　カテーテルの挿入を左手で払いのけようとする。
　親指を使って物を握るようになり、握力が強くなる。
　左手が自分の後頭部まで届くようになる。
　左手を走る時のように振る反復運動を自発的に行う。
　数日後、右手についても同じような動きを始める。
　その後、睡眠中にも同じような腕の動きが見られるようになる。

2009 年 2 月

　医療機関にて、言語聴覚士による摂食訓練（液体）を開始。
　聴力検査の結果、大きな音にも「反応なし」とのこと。
　医療機関での検査結果と実生活場面の観察結果との乖離が顕著。
　くしゃみ、咳、鼻水、鼻づまりがみられる。
　医療機関を受診し、風邪との診断。
　在宅による経過観察。
　鼻呼吸が苦しい時には口で呼吸をする。
　2週間から3週間以内に完治。
　買い物への同伴も可能。
　首や頭部を支えない状態でも短時間であれば座位の保持が可能。
　おむつを交換すると笑みを浮かべる。
　目薬を予期すると首や身体をよじって逃れようとする。

2009年3月
　医療機関にて摂食訓練（ペースト）を開始。
　1口目は顔をしかめて抵抗するが、2口目以降は咀嚼・嚥下。
　左右の手で同時に握る動きを繰り返す。
　側臥位の状態でずり這いのような全身の動き。
　手首を回す動きが増加。
　おむつを交換すると声をあげて笑う。
　中国語の四声のような抑揚を自分で試している。
　くすぐられると笑う。
　母親が2泊3日の外泊。
　母親が外泊中は便の排泄をしない。（もしくは、できない。）
　にもかかわらず、期間中はニコニコと機嫌のよい状態が続く。

2009年4月
　点滅する光源を注視する。
　左右の手で同時に握る動きと開く動きを繰り返す。
　半日近く声を上げ続ける。
　舌を口の外に突き出したり動かしたりすることが増加。
　首を支えずに縦抱きすることが可能。
　首の力で頭部を持ち上げる様子が見られる。
　カテーテルを握り、引っ張りながら笑みを浮かべる。
　腕をまっすぐに伸ばした状態を保持。
　声を上げずに口を大きく開く。
　カテーテルの挿入を右手で何度も払いのける。
　左目を覆うと首を振って逃れようとする。
　右目を覆うとそのままの状態。左目が優位の可能性。

2009年5月

両手を首元であわせることが増加。
右手の親指だけを立てる。（他の4本は握っている。）
両腕を左右にまっすぐ伸ばす。
両手でばんざい。
両手両腕が対称となる動作や姿勢でいることが増加。
右手で枕をさすり、端を掴み、引っ張ることを繰り返す。
探索を伴う随意運動。
右下側臥位の状態から左足を挙げる（浮かせる）動きが増加。
両手を胸元であわせるようになる。
左足で自転車をこぐような動きを繰り返す。
両腕を同調させて回す。

2009年6月

右足のかかとをこすりつける動きを繰り返す。
母親が2泊3日の外泊。
母親が外泊中は便の排泄をしない。（もしくは、できない。）
期間中だけ、生活のリズムが明らかに変化する。
左下側臥位の状態から右足を挙げる（浮かせる）動きが増加。
ひも状の物を握ると引っ張る。
右足で自転車をこぐような動きを繰り返す。
両膝を自発的に屈曲・伸展させる。
腰を左右に振る。
両手をお腹の上であわせる。
話をしている方の人へと首を回して視線を向ける。
別の人が話し始めるとそちらの方向へ向き直る。

2009年7月
　左手で右手の指を握る。
　左手が背中に届く。
　左下側臥位の状態から右脚を振り上げて腰を回す。
　仰臥位の状態で左肩を浮かせる。
　両腕の運動を他者が主導して行うと笑みを浮かべる。
　脳波検査を実施。
　ストロボをたくと後頭葉付近で癲癇波を検出。
　音を聞かせたり声をかけると声をあげて笑う。
　右手で左手の指を握る。
　他者が顔を近づけると笑みを浮かべる。
　眠っている時に笑みを浮かべる。

2009年8月
　他者が顔を近づけると声をあげて笑う。
　家族以外でも同様の反応が見られる。
　外界からの刺激はない状況で、一人で声をあげて笑っている。
　右手で服のひもを掴み、引っ張ってほどくことを繰り返す。
　寝返りの勢いで敷布から転げ落ちる。
　右腕をぐるぐる振り回す（反時計回り）ことが増加。
　舌で唇を舐める。
　下唇を歯茎で噛む。
　右足のくるぶしを床面にすりつける動きを繰り返す。
　右足のすりつける動きは時計回りの回旋運動。
　右足に物や床が触れた途端に回旋運動が始まる。
　真顔で大きな声をあげる。

2009年9月

　体重が3500gを超える。
　梨をすりおろして口に差し入れると後方にのけ反る反応。
　2口目以降は平然とした表情で嚥下する。
　ヨーグルトで試した場合も同様の反応。
　新奇刺激に対する慣化が明瞭。
　両手を同時に握ったり開いたりすることを繰り返す。
　右足で接地面を探索し続ける。
　右足が接地しないようにされると空中で回旋運動を始める。
　舌先で上の歯茎を舐めている。
　吸啜音と鼻声を同時に出している。
　右足の回旋運動を自分の意思で止める。

2009年10月

　舌先の動きが活発になる。
　左手のピースサインがたびたび見られるようになる。
　右手を挙げた状態を5分以上保持。
　流涎が見られるようになる。
　唾液を嚥下する様子も見られる。
　よだれを吸ったり吹いたりしてリズムをとっている。
　泡をつくり、出し入れをして、遊んでいるように見える。
　右手で周囲を探索し、敷布を握りしめる。
　右手を目の前にかざして振っている。
　右手でカテーテルの位置を探っている。
　他者が視線を合わせようとすると意図的に逸らす。
　しつこく繰り返されると首を振って逃げる。

2009年11月
　発声のターンテーキングが5回以上続く。
　首を左右へ小刻みに降り続ける。
　視線を逸らす時期と逸らさない時期がある。
　喃語様の発声を続ける。「いやーう、あうー、あうあう、あえあえあう、あぐっ、あうー、うあー、ふあーあー、あうあうあー、うえうえうえうえ、あうあうー、うえう、うえうえー、えんえん、うーあーうーえー、えんえんえんえー、あー、えんーあうー、んあー、んーえう、あうあうあうあー、うぷー、あうあう、えんえんえん、うー、えんえんえんえん、あーんうあー、あー」
　自分の右手を目前にかざして追視する。
　抱き上げようとすると自発的に腰を浮かせる。

2009年12月
　「こらっ！」「あらっ？」と言われると、身体がびくっと反応。
　咳、くしゃみ、鼻づまりなどの症状があらわれる。
　医療機関を受診し、風邪との診断。
　目薬をさされそうになると、瞼を閉じる。
　右手の手首の回旋運動。
　窓外のエンジン音に対して視線を向ける。
　周囲を歩く足音に対して追視が見られる。
　お風呂の中で両足の屈伸運動を繰り返す。
　頭がお風呂の壁にこつんとぶつかることを楽しんでいる様子。
　抱っこを止めると大きな声を出し続ける。
　近くにいる他者の顔や襟元に右手を伸ばす。
　保湿液の匂いを嗅ぐと、保湿に対する予期反応が見られる。

2010年1月
　体重が4000gを超える。
　相手を見つめながら大きな声をあげて抱っこを要求する。
　うつむいた状態から自力で首を持ち上げる。
　舌先を左右に動かす。
　掛け布をとられた時点で次の抱っこを予期している。
　どら焼きの匂いをかがせると、鼻をひくひくさせて追尾する。
　バタフライのような両手両足の全身運動。
　右手が右脚に触れる。
　舌先で下の歯茎を舐めている。
　寒い屋外に出ると大きな声をあげて嫌がる。
　右手を口元に近づけると舌先でぺろぺろと探索している。

2010年2月
　正面からカメラのレンズを向けると身体の動きが止まる。
　周囲に人がいなくなるとぐずり始める。
　周囲に人が近付くとぐずりが止まる。
　自分が舌打ちをしている時に、他者が始めるとぴたりと止める。
　他者が舌打ちを止めると、再び自分が舌打ちを始める。
　右手を前方に伸ばした時にその手を握ると笑みを浮かべる。
　左足のくるぶしを床面にすりつける動きを繰り返す。
　左足でも右足と同じような回旋運動を始める。
　右足の回旋運動を止めると右手でカテーテルを抜きにかかる。
　カテーテル抜去も止めると、大きな声を上げる。
　摩擦で肌が荒れるため止めようとすると機嫌が悪くなる。
　随意的な自己刺激行動。

2010年3月

　舌先で口内のカテーテルを転がしている。
　相手が根負けして抱き上げるまで声を上げ続ける。
　鏡に映った自分の顔から視線を逸らす。
　他者が顔を近づけた場合と同様の反応が鏡でも見られる。
　口を突き出して「う～」と不満げな声を上げる。
　右手に指を添えると握り、その状態を15分以上保持。
　自分の手で頭をかく動きを他律的にさせると笑顔になる。
　ただし、他者に頭をかいてもらうだけでは無反応。
　自発的に、右手で後頭部に触れると声をあげて笑う。
　曲を聴く時に、頭部を左右に振る動きが見られる。
　右足の自己刺激行動を止められると左足で同様の行動が始まる。

2010年4月

　カメラのレンズを視認するとそれまでの行動を止めて向き直る。
　右足の自己刺激行動を止められると大きな声を上げる。
　1本目の歯が生える（左下の前歯）。
　2本目の歯が生える（右下の前歯）。
　生えてきた歯を舌先でぺろぺろぺろぺろ舐めている。
　歯を舐めながら笑みを浮かべる。
　注射に対して、大きな声は上げるものの、泣かなくなった。
　両足とも自己刺激の回旋運動が素早い動きになる。
　行う際は片足ずつ。
　布地や畳との摩擦でシャカシャカシャカシャカ音がする。
　摩擦の対象となる物を除けられると悲しげな声を上げる。
　抱っこをすると自己刺激行動は止む。

2010 年 5 月

　脇をくすぐると大きな声を上げて笑う。
　右手の手首を口元に寄せてちゅうちゅう吸っている。
　片手に触れたものを両手で触る。
　他者が隣に来た途端に自己刺激行動をぴたりと止める。
　様子を見てまた始めるが、頬をつつかれるとぴたりと止める。
　自己刺激行動を他者との関係性において抑制できる。
　3本目の歯が生える。
　両手を肩より上に差し上げる動きが増加。
　抱かれている時に視野の外から別の他者に触れられると驚く。
　相手の腕は2本という認識を有している様子。
　顔を近づけると鼻の頭をぺろりと舐められる。

2010 年 6 月

　体重が 4500g を超える。
　両親が会話をしていると合の手のような発声を行う。
　手に匙を握らせると落とさずにその状態を保持。
　背後から声をかけると体をひねって向き直る。
　扇がれる（風を受けると）と笑みを浮かべる。
　正面の場合と同様、背後から扇がれた場合も笑みを浮かべる。
　周囲に人がいなくなると自己刺激行動を始める。
　ただし、その最中に声をかけられるとぴたりと止める。
　冷たいコップで触れると、1回目は驚愕反射が見られる。
　ところが、2回目以降は全く反応しない（慣化が早い）。
　右手の方が左手よりも握力が強い。
　注入器を用いて口から水分を与えると嚥下が可能。

2010年7月

　背後に人がいると振り返る。
　股関節を開いた状態を自発的に保持できるようになる。
　カテーテルを固定しているシールごと引き剥がす。
　眠っていても扇がれると笑みを浮かべる。
　テレビから音楽が流れ始めると、振り返って視線を向ける。
　（視線のみの反応は以前から確認されていた。）
　音楽の時の反応とトークの時の反応が顕著に異なる。
　視線を合わせようとされると逃れるためにフェイントを用いる。
　相手が自分を見ていない時には、相手を注視・追視している。
　アイコンタクトは喜ぶ時と嫌がる時の差が顕著。
　両手で自分の頭部を抱える。

2010年8月

　4本目の歯が生える。
　左手を相手の顔に向けて伸ばす。
　座位の姿勢をとらせると右足のかかとで足踏み。
　両手両足を同時に動かす粗大運動が増加。
　手鏡（自分の顔が映っている状態）を追視。
　右腕と左脚を同時に動かす。
　近くにいる他者に対してリーチングや発声を行う。
　抱っこやミルクの要求に嘘泣きを用いるようになる。
　本当に泣く時は顔が赤くなるので簡単に見分けがつく。
　1本のカテーテルを両手で引っ張る。
　うつぶせの状態からの寝返りが可能。
　発声のターンテーキングが10回以上続く。

2010年9月
　5本目の歯が生える。
　上下の歯の噛み合わせが生じる。
　両手で同時に自分の頬を挟む。
　右脚を振って腰を回旋する動きを繰り返す。
　両脚の開閉を繰り返す。
　右ひざを左右に振る動きを繰り返す。
　仰臥位で右ひざを振りながら、腰を左右に振る。
　団地の他の棟から聞こえる他児の泣き声の方向に視線を向ける。
　仰臥位で大の字になる。
　歯ぎしりを行うようになる。
　敷布を手で口元にかき寄せて舐めることを繰り返す。

2010年10月
　体重が5000gを超える。
　右足のかかとを自分のお尻にとんとん当てる。
　仰臥位で両膝を立て、膝を揃えて左右へと振る。
　左手の甲や右手の人差し指を口に含む。
　頭頂部の髪の毛がゆらゆらと揺れる。（気流とは関係なく。）
　一人で声を上げて大笑いする。
　１mほど離れた所から一般的な声量で呼ぶと覚醒する。
　ケーキの欠片を口に含ませると、唾液で溶かして飲み下す。
　座位の姿勢をとらせると左足のかかとで足踏み。
　座位の姿勢をとらせると右手で右の足先を触る。
　自分の両耳を同時に両手で掴む。
　相手の手を引き寄せて口に含む。

2010年11月
　左手を挙げて左右に振る。
　アイコンタクトを維持したまま、首を180度展開して追視。
　(かかわり手の移動にあわせて随意的に首を回す。)
　背後から触られるとびくっと振り返り、相手を見る。
　特定の発声や言葉に対して声をあげて笑う。
　両手を同時に口元に寄せる。
　家族以外の他者とも発声によるターンテーキングが見られる。
　左手首をくわえていることが増加。
　右手で自分の後頭部を撫でていることが増加。
　左右の頬を交互につつくと、つつかれた方向に向き直る。
　「あっ！」と言われると、握っていたカテーテルを手放す。

2010年12月
　ミルクを嘔吐。(在宅になってからは初めて。)
　出生後、初めての散髪。
　口元に寄せる左手を戻されると、また口元に寄せる。
　身体に触れられるとそちらの方向へと向き直る。
　身をよじって他者を追視する。微笑みかける。声をかける。
　両手の指をあわせて動かし続ける。(触る、摘む、握る。)
　カテーテルの挿入を唇・歯・歯茎・舌の動きで妨害する。
　ミルクを経管で飲みながら左手の指を吸う。
　自分の舌を甘噛みする。
　「こらっ！」と言われると、歯ぎしりを止める。
　カテーテルが平らになるほど噛み潰す。
　右方向へ身を投げ出し、声をあげて呼び、戻されると笑う。

2011年1月
　左右の耳元で交互に声をかけると、声の方向へと向き直る。
　側臥位の状態で背後から頭部と腰に手を添えると向き直る。
　抱き上げられることを予期した援助行動が見られる。
　リンゴの匂いをかがせると目を見開き、リンゴを追視する。
　両腕を他律的に動かしていると、リズムに合わせて発声する。
　鼻詰まりと生あくび。3日後に体調回復。
　固定がずれたカテーテルの先から口内に流れたミルクを嚥下。
　口をあけた状態を10秒以上保持。
　目薬を挿そうとすると身をよじって逃れようとする。
　瞼を閉じたり、目を細めたり、できる限りの妨害を企てる。
　目薬の容器が周辺視野に入った時点で予期反応が生じる。

2011年2月
　舌先で歯の表側を舐める。
　座位をとらせると、足の裏で床面をさする動きをする。
　カメラを向けるとレンズを見て笑みを浮かべ、動きが静止する。
　唾液でうがいのような音を立てている。
　縦抱きの状態でないとミルクが口内に戻る。
　ミルクを吐き戻すことが続く。
　少量のミルクや水を与えるが、体重が減少。
　医療機関を受診。白血球の値が高く感染症の疑い。
　点滴を実施、抗生剤と吐き気止めの処方。
　入院と在宅看護の選択肢が提示され、在宅を選択。
　3日後、医療機関を再受診。
　炎症反応は低下し、白血球の値も正常域に戻る。

2011年3月

体調は徐々に回復。

働きかけにも笑みを浮かべるようになる。

2週間ほどで罹患以前の状態に近づく。

心疾患について医療機関を受診。

医師より、心室の穴は以前より縮小している印象との診断。

正対して話しかけると笑みを浮かべる。

うなされた様子で大声をあげ、泣いて目覚める。

身体の不調ではない様子。夢を見ている可能性。

左手による探索行動。

布団から落ちるギリギリの状態になると笑みを浮かべる。

カテーテルを噛んで穴をあける。

2011年4月

服が濡れると声を上げる。着替えを始めると笑みを浮かべる。

ピザの匂いをかがせると眉をしかめる。

「こちょこちょ」と言いながら脇をくすぐると声をあげて笑う。

その後、「こちょ」と言うだけで、声をあげて笑うようになる。

（対応関係の理解や予期反応の可能性。）

特定の言葉や音以外でも、自分に向けられた声には笑う。

試しに、1m の距離から声掛けすると笑う。

（テレビの音声から単語や文節を無作為に抽出。）

2m 離れた場所からは、大きな声の場合以外は笑わない。

声掛けに対して「あいっ」と応じることがある。

抱き上げられるまで嘘泣きを繰り返す。

何度戻しても、自力で布団の上から転げ落ちる。

2011年5月
　握手をすると笑みを浮かべる。
　一方の親と目をあわせている時も、他方が近付くと目を向ける。
　自分が頷くタイミングを他者の手の動きに同期させる。
　自発的に腰を浮かせる動きが増加。
　抱いている時に親が驚くと、自分もびくっとする。
　体重が5800gを超える。11本目の歯が生える。
　尿の匂いが通常とは明らかに異なる。
　医療機関を受診。膀胱炎との診断。
　医師より、抗生剤の処方と水分量の調節の指示を受ける。
　あっち向いて、向き直って、顔をあわせて、笑う。
　自発的な「いないいないばぁ」のような行動を繰り返す。
　タンブラーを手の届く範囲に置くと手を伸ばして倒す。
　自分の発声を抑揚も含めて模倣されると笑みを浮かべる。

あとがき

　自分が組み上げた情報の道筋を誰かが通過する。
　そのことで、相手にどのような心象が生じるか。
　作者の思考を正確に辿る人がいる。
　作者には思いもよらない像を思い浮かべる人がいる。
　研究も表現の一形態。
　表現したいことを内包する研究は作品と同じ。
　道筋を他者のために整えることが自己の表現につながる。
　整え方を吸収する人。
　通過して生じたものを大切にする人。
　新たに生じたものを作者は希求する。
　そして、また、新しい道筋をせっせと整える。
　掃除と造成を繰り返す日々。
　誰がどこに辿り着くのか。
　自分が生きている間には殆ど知ることができなくとも。
　研究という行為の積み重ねは、そういうものだと思います。

　人通りの多いメインストリートは得意ではありません。
　か細い回り道を探してふらふらと歩く。
　少しだけ、足跡が残る。
　気付かれることなく消えるかもしれない。
　それでも、誰かが見つけるかもしれない。

　今回も御心遣いを頂いている多くの皆様に感謝いたします。
　宍倉由高様と山本あかね様に深謝いたします。

【著者紹介】

郷右近 歩(ごうこん　あゆむ)
三重大学教育学部准教授。
「特別支援教育におけるコーディネーターの役割」
「Trisomy 18: A case study」
「Romantic Science: A case study」

日々の暮らし

2012 年 4 月 20 日　初版第 1 刷発行	(定価はカヴァーに表示してあります)

著　者　郷右近　歩
発行者　中西　健夫
発行所　株式会社ナカニシヤ出版
〒606-8161　京都市左京区一乗寺木ノ本町 15 番地
　　　　　　　　　Telephone　　075-723-0111
　　　　　　　　　Facsimile　　075-723-0095
　　　　　Website　http://www.nakanishiya.co.jp/
　　　　　E-mail　iihon-ippai@nakanishiya.co.jp
　　　　　　　　　郵便振替　　01030-0-13128

印刷・製本＝ファインワークス
Copyright Ⓒ 2012 by A. Goukon
Printed in Japan.
ISBN978-4-7795-0631-4

本書のコピー，スキャン，デジタル化等の無断複製は著作権法上での例外を除き禁じられています。本書を代行業者等の第三者に依頼してスキャンやデジタル化することはたとえ個人や家庭内の利用であっても著作権法上認められておりません。